金牌小说

Awarded Novels
长青藤国际大奖小说书系

Chocolate
巧克力男孩
Fever

〔美〕罗伯特·基梅尔·史密斯 著 〔美〕焦亚·菲亚门吉 绘
董晓男 译

晨光出版社

献给海蒂和罗杰,
以及全世界所有喜欢巧克力的人,
特别是亚历克斯和纳特!

Preface
前言

美好事物的另一面

罗伯特·基梅尔·史密斯如今已有八十八岁高龄,但仍旧天真顽皮得像个孩子。他喜欢在字里行间播种下一大把一大把的幽默,让孩子动不动就捧腹大笑,一不小心就爱上阅读。更重要的是,那些他精心设计的成长伏笔,在欢声笑语之中就浸润了孩子的心田。

在《我和外公的战争》中,一个男孩为了保卫自己的房间,就向外公宣战,一连串建立在爱的基础上的明暗攻防令人啼笑皆非,却又通过孩子的发声、空间的配置,让家人重建彼此之间的关系。这种风格在史密斯的处女作《巧克力男孩》中更为明显。

一个叫亨利的男孩爱极了吃巧克力。爱到什么程度呢?用他的话说就是,"巧克力几乎贯穿了我的喉咙"。不管是甜巧克力、苦巧克力、白巧克力、黑巧克力,只要是巧克力,他都爱吃,而且是每时每刻都在吃。他还发明了令人眼花缭乱的吃巧克力的方法,看到此处,不禁让人垂涎欲滴。

对他而言,巧克力是生活中最美好的事物,追求它,享用它,生活就是有滋有味、多姿多彩的。于是,他将这种追求与享用推到极致，在早饭、午饭、晚饭、课间等任何一个可以吃东西的时间，都疯狂地吃巧克力。

或许，亨利是我们每一个人，只要条件允许，我们就想无限地占有那件美好之物。可是，生活从来都是有得必有失，如若只是一味地占有，而不懂得克制，那些美好的事物就会慢慢地变成我们的负担。

果然，有一天，亨利得了一种奇怪的病，医生称之为巧克力热。起因便是他的身体承受不了过多的巧克力，开始转化为棕色的大斑点，遍布全身各处。

对亨利来说，这是多么痛苦而生动的一堂课啊。这堂课就叫——适度。你不可能每时每刻都拥有你想要的一切，如若你真的喜欢某件事物，适度是拥有它的最好的方式。而一旦你超出限度，生活就会向你发出警报。

为了逃开太多人的注视，亨利从医院逃跑了。这种逃跑，不仅仅是为了避开人群，更是为了逃开自己的过往，从而找一个安静、陌生的地方，去面对自我。而路上遇到的种种让人哭笑不得的事情，使他明白，原来任何事物都不是绝对的，而是如同一枚硬币，具有两面性——美好的事物也不例外。而这一切都取决于，我们如何对待它。

说起创作这个故事的缘由，史密斯这样说道："我写《巧克力男孩》这个故事，是想告诉孩子们，你不可能每次想要什么就有什么。这是生活中一个基本的真理。"顽皮的作者还透露，还有更重要的原因促使他创作这本书："我创作如此有趣的书，是想让孩子们，尤其是那些需要帮助的调皮的男孩子，真正地爱上阅读。"

Contents
目录

chapter 1

世界上
最爱巧克力的男孩

/ 1

chapter 2

到处都是棕色的
小点点

/ 9

chapter 3

中断的课堂

/ 15

chapter 4

砰砰砰！爆开

/ 23

chapter 5

一颗活糖果

/ 31

chapter 6

一直跑啊跑

/ 41

chapter 7
地球上最神秘的病
/ 51

chapter 8
卡车司机麦克的好主意
/ 61

chapter 9
令人捧腹大笑的打劫
/ 77

chapter 10
突如其来的狗狗
/ 85

chapter 11
蔗糖先生
/ 97

chapter 12
长大的巧克力男孩
/ 107

chapter 1

世界上最爱巧克力的男孩

Chocolate Fever 巧克力男孩

有人说，亨利·格林其实不是他妈妈生的，而是从一颗巧克力豆里孵出来，然后慢慢长大的。

这话你相信吗？

不管怎么说，我们要说的这个亨利·格林虽然有些特别，但确确实实是他妈妈生的，并不是孵出来的。事实上，他的爸爸妈妈非常棒。他爸爸又高又瘦，戴着一副眼镜，只有睡觉或者淋浴时，他才会把眼镜摘下来。他妈妈，也就是格林太太，名叫伊妮德，是个瘦小苗条的女人，有着蓝灰色的眼睛和一张总是微笑着的小巧的嘴巴。

他们一家人——爸爸、妈妈、亨利，还有亨利的哥哥和姐姐，一起住在市中心的一套公寓里。哥哥马克·格林十岁了，个子高高的，对亨利特别好，除了他们吵架的时候。他们经常吵架，每当那时，马克随手抓到什么，就用什么打亨利，甚至有时候是很硬的东西。但大部分时候马克都是个很有趣的玩伴，只有在亨利叫他马可·波罗[1]时，他才会生气。马克不喜欢被这样叫，这能怪他吗？

亨利的姐姐很大很大了，差不多十四岁了。她从来不和亨利或马克争吵，实际上，她几乎很少和他们说话。因为她已经长大了，懂得很多事，几乎是个大人了。她叫伊丽莎白。

这周最后一个上学日，也就是星期五的

---

[1] 马可·波罗（1254–1324），威尼斯旅行家、商人，著有《马可·波罗游记》。——编者注

早上，亨利、马克，还有伊丽莎白在餐厅的桌子旁吃早餐。马克在吃煎鸡蛋。伊丽莎白和平时一样，安静地吃着她的早餐——黄油面包配牛奶。亨利的早餐也和平时一样——巧克力蛋糕、一碗可可脆麦片和牛奶，奶里加了巧克力酱，这样更有巧克力味儿。他正就着一大杯巧克力奶和五六块巧克力饼干吃着。有时候，如果前一天晚上剩下了一个巧克力布丁，亨利也会把它一起吃掉。而在星期天早上，他通常还要吃一个巧克力冰激凌。

事实就是，亨利爱上了巧克力，而巧克力好像也爱他。

吃巧克力并没有让他变胖。（实际上，他还略微有些瘦。）

吃巧克力也没有损害他的牙齿。（他从没

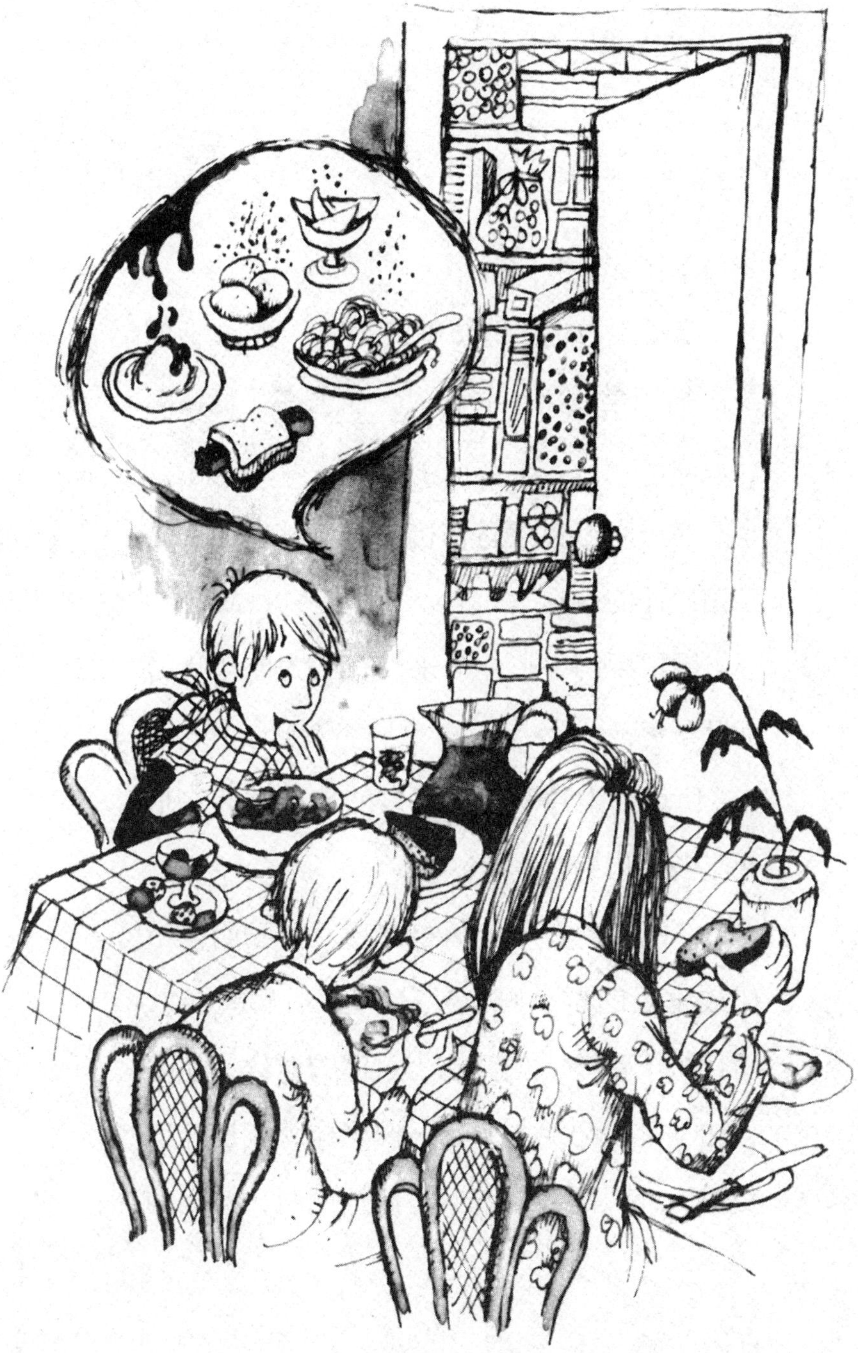

生过虫牙。)

吃巧克力也没有妨碍到他长个子。(他的身高很正常,比起同龄人,他也许还稍微高一点点。)

吃巧克力也没有伤害他的皮肤,他总是白白净净的。

最重要的是,他从来没有因为吃巧克力而肚子疼。

所以,对亨利有些溺爱的父母就允许他想吃多少巧克力就吃多少。

你能想象有一个男孩把巧克力三明治当作放学后的零食吗?没错,亨利就是这样,而且每天都吃。就算吃土豆泥的时候,他都会加上几滴巧克力酱,好像这样就能让味道变得更好似的。吃普通黄油拌面时,撒上的巧克力碎也很美味，更不用说吃桃罐头、梨罐头和苹果酱之类的东西时撒上的一层可可粉了。

在格林家厨房的储物间里，总是备有充足的巧克力饼干、巧克力蛋糕、巧克力派和各式各样的巧克力糖。还有冰激凌，当然也是巧克力味儿的，以及巧克力坚果、巧克力软糖、巧克力棉花糖、巧克力蛋糕卷，特别是巧克力杏仁脆饼。而这一切都是为亨利一个人准备的。

如果你能用一件事形容亨利，那就是他的确深深爱着巧克力。用他妈妈的话来说，就是："可能比有史以来世界上任何一个男孩都更爱巧克力。"

"他喜欢什么样的巧克力呢？"格林先生

有时会开玩笑说。

"这话问的,他喜欢苦巧克力、甜巧克力、白巧克力、黑巧克力……而且天天如此。"

这话可是一点儿不假,直到我们现在要说的这一天。

chapter 2

到处都是
棕色的小点点

"你们最好快点儿,孩子们,"格林太太在厨房喊道,"马上就八点半了。"

"快走,磨蹭鬼。"马克对亨利说,"我们可不想迟到。"

"就再来一块巧克力蛋糕。"亨利说着,把蛋糕塞进嘴里,一边嚼,一边回他的房间去拿书包。去往前门的路上,亨利穿过厨房,又抓了一大把好时巧克力装进口袋,以便他能在学校吃。但是,因为今天早上感觉还是有些饿,亨利直接剥掉两块好时巧克力的银色包装纸,把它们扔进了嘴里。然后,他匆匆吻了妈妈一下,在妈妈脸上留下了一点儿巧克力。接着,亨利、伊丽莎白和马克就出门去上学了。

在拐角的地方,亨利、马克挥手和他们

的姐姐再见,她要坐公共汽车去就读的高中学校。两个男孩就在隔壁街区的123公立小学上学。走到下一个拐角时,交通管理员麦金托什夫人在马路对面朝他们招手。"格林一家总是遵循格林威治时间。"她说。这是她最喜欢开的小玩笑,几乎每天早上她都这么说。而今天早上,只有非常礼貌的马克朝她笑了笑。亨利可不想笑。实际上,他开始感到有些奇怪。

  到学校操场后,两个男孩各自走向自己的同学。同学们和平时一样聚在一起,推推搡搡,嬉笑打闹。但是,平时总喜欢把男孩头上的帽子敲掉、朝女孩做鬼脸的亨利今天却十分安静。甚至连他最好的朋友迈克尔·伯克过来的时候,他都没有说"嗨"。"你怎么了？"迈克尔笑着问道。

"什么怎么了？你什么意思？"亨利说，"难道我就不能安静地待会儿？难道我非得像个疯子似的不停闹腾？"

"行行行，"迈克尔说，"你不用发这么大火。我只是觉得你今天有些不一样。根本不像你了。"

就在这时，集合的哨子响了，孩子们排着队走进教学楼。"今天我感觉很怪，"亨利对迈克尔说，"我觉得要发生什么事，可我又不知道是什么事。"

整个上午，那种有事要发生的确定感，亨利一直挥之不去。他坐在教室里感觉也很怪，上体育课时感觉也很怪，在金梅尔法贝太太的数学课上，他开始感觉浑身上下都不

到处都是棕色的小点点

对劲。

亨利根本无法集中精神听金梅尔法贝太太说的话,他只是坐在那里发呆。他无意间看了一眼自己的胳膊和手背,发现了一些情况。他的皮肤上长满了棕色的小点点。这本

来也算不得什么了不起的大发现，只是，他今天早上起床的时候，身上根本就没有这些棕色的小点点！

金梅尔法贝太太正站在教室前面带领学生做分数练习。"如果用六又二分之一减去一又四分之一，还剩下多少？"她直视着亨利，而亨利则直视着自己的胳膊。"亨利，"她问，"等于多少？"

"到处都是棕色的小点点。"亨利说道。

chapter 3

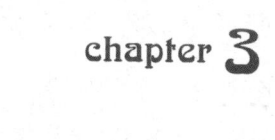

中断的课堂

教室里安静了大约两秒钟,紧接着是一阵喧闹。所有的女生都开始咯咯笑,而男生们则开始哈哈大笑、开怀大笑、大声狂笑。亨利的脸憋得通红,而一向不喜欢开玩笑的金梅尔法贝太太的脸色一下变得煞白。

她用尺子使劲儿敲打着桌子,大声地让同学们保持安静。"亨利·格林,"她说,"你说的是什么意思?"

"到处都是棕色的小点点,"亨利说,"我刚才在看我的胳膊,上面——"

"到处都是棕色的小点点,"金梅尔法贝太太打断他说,"我听得非常清楚。"

"但是,您知道吗,金梅尔法贝太太?我从来没长过这样的东西。今天早上还没有呢。

可是现在——"

"我知道了。"金梅尔法贝太太叹了口气说,"现在你浑身长满了小点点。我最好还是看看。"她抓起亨利的胳膊,把他领到窗户前。"嗯,"她一边盯着他的胳膊,一边说,"我看就像雀斑。"

"不,老师,"亨利说,"不可能是雀斑。"

"为什么不可能呢?"金梅尔法贝太太问。

"因为我的皮肤又白又嫩,就像我妈妈。"

"是吗?"金梅尔法贝太太说,"这是谁告诉你的?请告诉我。"

"我爸爸。"

"啊,"金梅尔法贝太太说,"好吧。现在你确定今天早晨之前没发现过这种情况,是吗?"

"如果您问的是我有没有看到过这些小点点,"亨利说,"那没有,我没见过。"

"那好,"她说,"亨利·格林,你就站在这儿别动。其他同学,"她转过身对大家说,"在我回来之前,继续看书。要保持绝对的安静。"她在走出教室进入走廊时补充道。

亨利就按照老师说的站在窗户那儿,同学们都看着他。金梅尔法贝太太沿着走廊走了几步,来到潘加洛斯先生的教室前。她在门口朝里面张望,等着潘加洛斯先生朝她的方向看。等潘加洛斯先生发现她时,她朝他招招手,请他到走廊上来。

"听着,菲尔,"她认真地说道,"我想让你去看一个孩子——"

"看在老天的份上,多洛莉丝,"潘加洛

斯先生说,"我这阿美利哥·维斯普西[1]的航海之旅正讲到一半!"

"有个孩子胳膊上长满了棕色的小点点。"

"棕色小点点?你把我叫出来就是为了棕色的小点点?"

"我觉得可能是麻疹?"

"哦,不要啊。"潘加洛斯先生说。

"也许是水痘?"

"好吧,"潘加洛斯先生说,"我最好去看看。"

于是,他们把亨利带到窗户旁有光线的地方,就在窗台上摆着茁壮成长的盆栽植物的角落里。潘加洛斯先生用手戳戳点点了一

---

[1] 阿美利哥·维斯普西(Americ Vespvck,1454—1512),意大利的商人、银行家、航海家、探险家和旅行家,美洲即是以他的名字命名的。——编者注

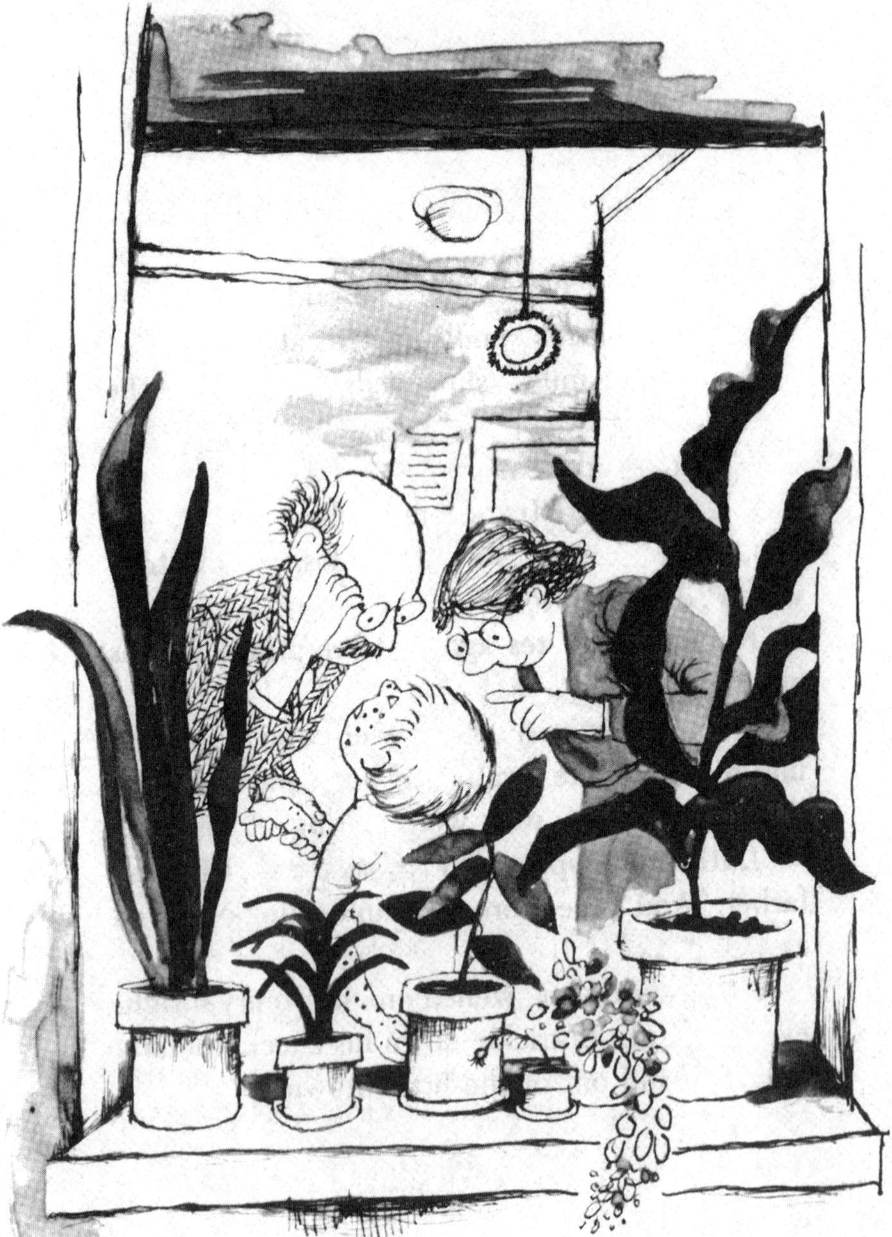

番，又从口袋里把眼镜拿出来，戴上看了看。"雀斑，"最后他说，"就是雀斑。"

"你确定吗？"

潘加洛斯先生的圆鼻头皱了皱，闻了闻空气中的味道。"巧克力？"他问，"他们已经把巧克力奶拿到楼上了吗？"

"忘了巧克力奶吧，"金梅尔法贝太太喊道，"看！现在他脸上也有小点点了！"

"哦，不！"亨利说。

"哦，是的！"金梅尔法贝太太说。

"哦，天啊，"潘加洛斯先生说，"之前没有吧？"

"没有，两分钟之前这个孩子的脸还是白白净净的。可是现在……"

亨利感觉他的心都要从嗓子里跳出来了。

他使劲儿咽了一下,直直地盯着两位老师,而他们也正目不转睛地盯着他的脸。"到处都是棕色的小点点,"金梅尔法贝太太说道,"而且就在我们说话的工夫又长出一些。"

一滴眼泪,就一滴,从亨利的右眼里涌了出来,顺着他的脸颊流下,慢慢流过那些棕色的小点点。

chapter 4

砰砰砰！爆开

污垢滋生细菌，莫莉·法辛护士经常这样说，而细菌总有非常卑鄙的方法让健康的人生病。123小学的医务室自然永远都是一尘不染的，因为莫莉·法辛护士可无法容忍一丁点儿的污垢。所以，那天上午，当金梅尔法贝太太和亨利急急忙忙闯进门的时候，她自然又让他们俩退了出去，在门垫上擦了脚再进来。"可千万不要把你们的可可粉带到这里来。"法辛护士说道。她使劲儿地对着空气闻了闻。

"可可粉？"金梅尔法贝太太说。

"别以为我闻不到。"法辛护士说。

"拜托，法辛护士，"金梅尔法贝太太说，"我们有个紧急情况。这是亨利·格林。他突然得了某种皮疹。"

"那我明白了。"法辛护士说。她让亨利坐在椅子上,然后打开一台很亮的灯。她把眼镜向下推到鼻尖儿,弯下腰,仔细看了看亨利。"这确实是皮疹,"最后她说,"奇怪,这些棕色的小点点好像到处都是。"

"是啊,"金梅尔法贝太太说,"但这到底是什么呢?"

"你出过麻疹吗?"法辛护士问。

"出过,"亨利说,"在我五岁的时候。"

"水痘呢?"

"三岁半的时候出过。"

"那我得告诉你,你得了某种不知名的皮疹。说实话,我不喜欢它们的样子。"

亨利先前只是有些害怕,可现在他觉得非常恐怖。法辛护士把她凉凉的手放在亨利

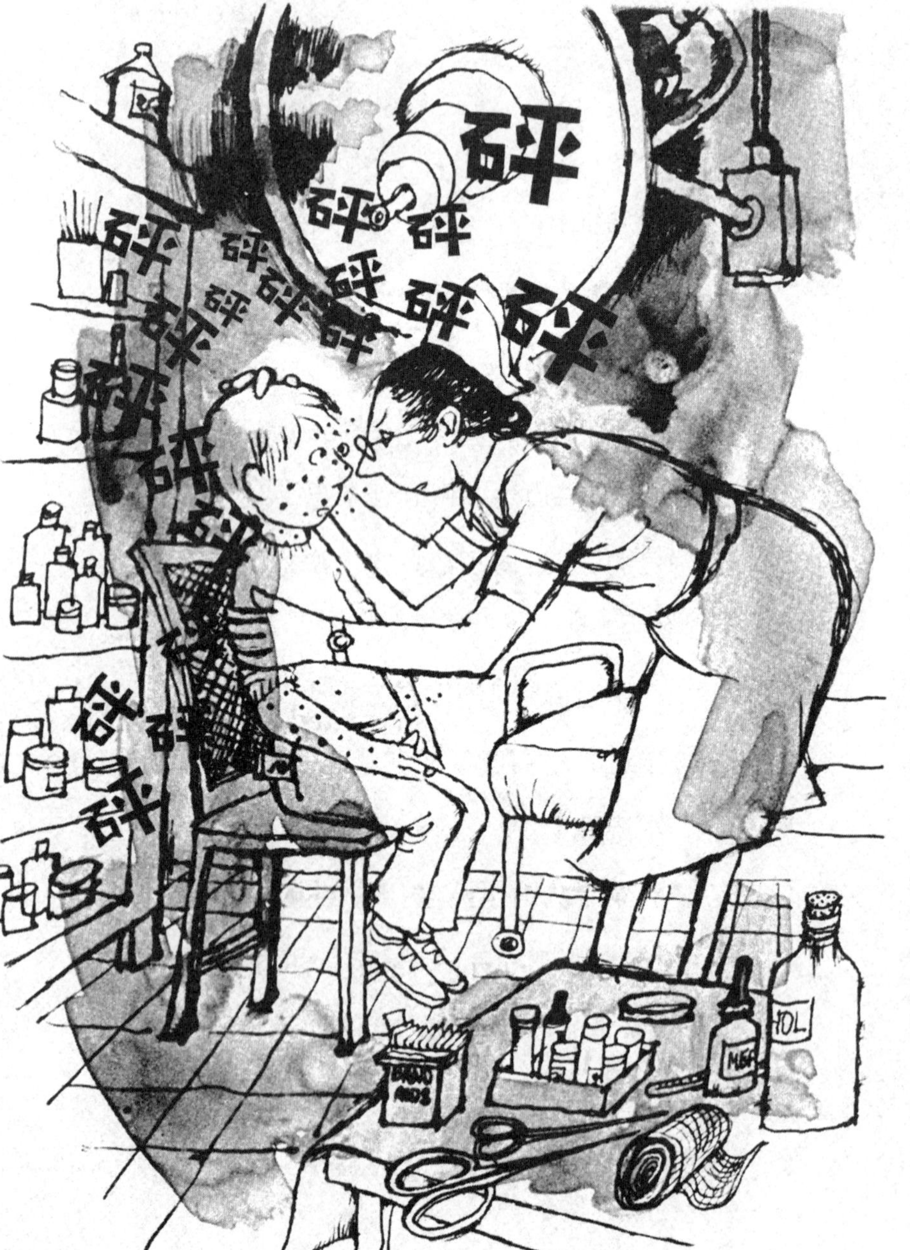
砰
砰
砰
砰
砰
砰
砰
砰
砰
砰
砰
砰
砰
砰
砰
砰
砰
BAND AIDS
HOL

的胳膊上，稳定他的情绪。"好了，好了，亲爱的，"她说，"没什么好害怕的。我敢肯定，情况并不严重。你现在感觉怎么样？"

"不是很好。"亨利说。

"觉得热？"

"不是。"

"冷？"

"也不是。"

"头晕？"

"不，"亨利说，"我只是觉得……怪。"

"你这个小可怜，"莫莉·法辛护士说，"你肯定是被吓到了。"她用手捋了捋他的头发，又在他的脖子后面拍了拍。不知怎的，这确实让他感觉好一点儿了。

砰！

"你说什么了吗?"法辛护士问。

"没有,女士。"亨利说。

砰!

"这是什么声音?"她问道,"听起来好像有什么东西爆了。"

"我也听到了。"亨利说。

"我也是。"金梅尔法贝太太说。

砰!砰!砰! 现在,他们都听到了。整个医务室都是东西爆开的砰砰声。小的砰砰声,大的砰砰声,砰砰砰!一直有东西在爆开。亨利看了看他的胳膊,立即知道这些声音是从哪儿来的了。他身上的棕色小点点变得越来越大,然后爆开。它们不再是雀斑那么大了,而是变得像他妈妈用来做蛋糕和饼干的巧克力碎那么大。他能够感觉到它们在他的胳膊和脸上爆开,能够感觉到它们在他的衬衫底下越长越大。说时迟,那时快,不一会儿工夫,亨利·格林从头到脚都被棕色的大包盖住了。

chapter 5
一颗活糖果

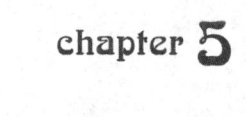

多年之后，亨利已经记不起来，当时是谁先开始尖叫的。他只记得，他和金梅尔法贝太太都被吓得抱头大叫。莫莉·法辛护士却异常冷静。

"你们俩都冷静冷静，"她说，"金梅尔法贝太太，你去给格林太太打电话，告诉她我们现在要带亨利去市医院。"

金梅尔法贝太太动都没动。她就张着嘴站在那里，呆呆地看着亨利。

"赶紧的，"法辛护士严肃地说，"现在……快去！"

"还有你，亨利·格林，"金梅尔法贝太太离开后，她说，"你跟我来。我们走，要保持安静、冷静。"

她拉着他的手，亨利再次发现，这种感

觉很好，不知怎么的，他感觉舒服一些了。

他一直拉着她冰凉的手，离开学校。在坐计程车往医院飞奔的路上，亨利仍旧紧紧地握着法辛护士的手，这样能让他保持冷静。直到被两位不同的医生检查，又等着医院的儿科主任帕戈医生来给他做检查时，他才敢松开手。

"怎么了？什么情况？"帕戈医生走进检查室时问道。他是一个矮矮胖胖的男人，长着浓密的白胡子，表情充满疑惑。"发生什么事了，嗯？"他又问，"这个男孩看起来像是掉进了泥坑。"

他俯身靠近亨利的鼻子，亨利都能够闻到他呼出的气味，闻起来像是薄荷的味道。"你没掉进泥坑，对吗，小伙子？"

"没有，先生。"

"我猜也没有，"帕戈医生说，"太糟了，如果是的话，就能弄明白你全身这些棕色的大斑点了。"

"那么，"他转向莫莉·法辛护士说，"跟我说说，发生了什么事。"

"这太让人难以置信了，医生。"莫莉·法辛护士对帕戈医生讲起了早上发生的事。

"确实让人难以置信，"当她说完后，帕戈医生重复道，"这不可能。在整个皮疹史上，从来没有皮疹能长这么快，还这么大，还能够让人听到爆开的声音。太不可思议了！"

"可这确实发生了。"法辛护士说。

"我知道了。好吧，我们很快就会弄清楚是怎么回事的，否则我就不叫……呃……顺便问一下,我叫什么来着?"

"帕戈医生,我想应该是这个名字。"亨利说。

"很高兴认识你,孩子,"帕戈医生说着握了握亨利的手,"不过我们得对这些棕色的大斑点做些什么。"

"好的,先生。"亨利说,他开始感到有些迷惑。

帕戈医生把亨利抱到检查台上,然后打开大灯。整整五分钟,他对着亨利这里戳戳,那里按按,除了"嗯嗯"和"哈哈"之外,什么也没说。他检查了每一个棕色的大斑点和它们之间的部分。他用放大镜检查了一遍,放下放大镜后又检查了一遍。他还检查了亨利的眼睛、耳朵和鼻子,甚至舌头下面。最后，他说:"我现在并没有比刚开始了解得更多。它们看起来就像原本长在你身上的棕色大斑点……当然，在人类文明史上还没有棕色大斑点的病例。"

"我很害怕。"亨利说。

"我是帕戈医生，"医生说，"这我知道。现在我要搞清楚你身上的那些棕色斑点是怎么回事。"他把棉棒蘸湿，轻轻地擦亨利右胳膊上的一个棕色大斑点。

"哎哟。"亨利说。

"疼吗？"

"不疼。"

"那你为什么说'哎哟'？"

"因为，"亨利回答，"我以为会疼。"

"我知道了。"帕戈医生说。他摇摇头，

把棉棒放进一个玻璃瓶子里。"立刻把这个送到实验室。"他对一个助手说道,那个人随即跑出了房间。

"几分钟后,我们就会对你身上的那些棕色大斑点有更多的了解了。"帕戈医生说。他背着手,在房间里走来走去。突然,他停了下来,闻了闻空气。"谁在我的办公室里吃糖了?"他问。

没有人回答。

帕戈医生的鼻翼抽动了一下,在空气中闻啊闻。"我闻到了糖果的味道,"他说,"有人吃糖了。"

就在这时,电话铃响了,帕戈医生赶紧走过去,接起电话。"怎么样?"他对着电话问,"你确定吗?"他的白胡子上下颤抖着,慢慢地坐到椅子上。他挂掉电话,满脸震惊。

"巧克力,"他说,"那些棕色的大斑点……是纯巧克力……"

"巧克力?"法辛护士倒吸一口气说。

"巧克力?"亨利·格林大声喊道。

"巧克力?"帕戈医生的两位助手同时

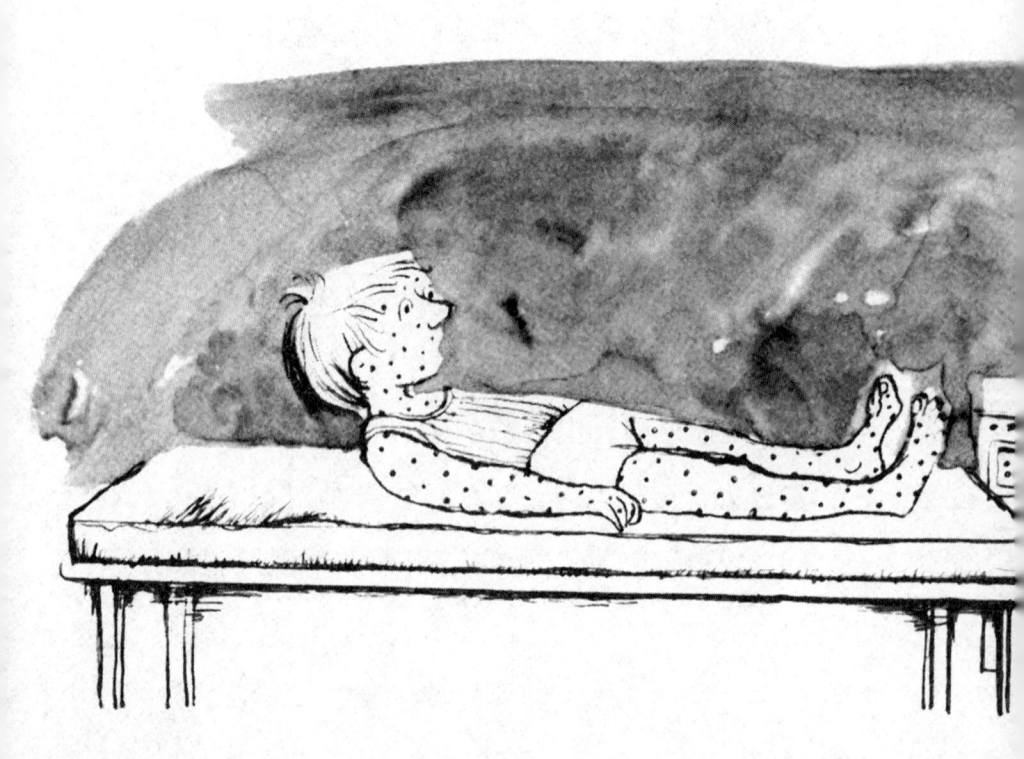

一颗活糖果

说道。

"是的,"帕戈医生说,"这孩子,似乎就是一颗活糖果!"

chapter 6

一直跑啊跑

亨利从来没有见过这种令人兴奋的场面。现在,各种医生都在给他做检查,又戳又按,就好像他不是一个小男孩,而是个针垫。帕戈医生则在屋里蹦来蹦去,兴奋地谈论着"巧克力热""一种新病症""创造医学历史"之类的事。

亨利很累,也很害怕。

他想一个人待会儿。他希望所有的医生都走开。他想回家。实际上,只要不是在这家医院,他愿意待在世界上随便哪个地方。

所以,他做了件非常简单的事——他的内心告诉他,想要活下来就得这么做。

他从检查台上跳下来,拔腿就跑。

眨眼间,他就冲到门外,沿着长长的走廊跑啊跑。他听到身后传来叫喊声:"停下来!""抓住那个男孩!"

走廊尽头的两名护士想要抓住他,但是亨利的动作实在太快了。他躲开了她们,然后冲下楼梯。往下,往下,一直往下,就这样,他跑下了三层楼,一直跑到医院的大厅。前面的一个门卫伸出一只手想要拦住他,而亨利拼命地跑,冲破他的阻拦,跑到了大街上。

他甚至没有停下来想想自己要去哪儿,就一直跑啊跑。在转弯的时候,他回头看了一眼。一大堆人正在追他。穿着白大褂的医生、护士,吹着哨子的保安,以及挥舞着手臂的警察。他看到帕戈医生也跟在他们的后面。

亨利没有停下再多看一眼。"腿啊腿,"

他说道,"现在可别掉链子啊。"然后,他转过街角,沿着马路一直跑下去。

他跑啊跑,都快喘不上气来了,可他还是又跑了一阵。

整个下午,亨利马不停蹄,穿过一条又一条街道。他根本不知道自己在哪儿,他也不知道自己要去哪儿,但他就是一直跑。

当他飞速跑过的时候，人们都瞪着眼睛盯着他看。有几个人甚至还举起了手，好像要拦住他，或者要对他说些什么，但亨利一刻也没停，就是一直跑。

他跑了好久，终于看不到也听不到后面有人在追他。"我现在肯定把他们甩掉了。"亨利想。可是突然，前面拐角处有一辆警车鸣着警笛开了过来。"他们肯定还在追我，"他警觉地想，"我被通缉了！"

亨利心里一阵难过，他催促自己跑得更快了。他的头疼，他的腰疼，他的腿也疼，但他还是一直不停地跑。

他的肺疼，他的眼睛疼，甚至他的头发都开始疼起来，但亨利还是一直不停地跑。

最后，他实在跑不动了，他已经筋疲力尽，彻底虚脱了。他必须要休息一下，要休息的话得先藏起来。亨利没有多想就跑到了两栋白色房子之间的一条长满草的巷子里。巷子的尽头有一个大车库，车库的一扇门半开着。亨利偷偷摸摸地溜了进去，四处看了看。里面停了一辆车，但没看到人。他用尽最后一点儿力气躺在了汽车旁的地上。

"你惹上大麻烦了,"他想,"你从医院跑了出来,警察正在追你,你妈妈一定担心死了,而且你还得了没有人听说过的怪病。"

他越想自己的处境就越伤心。他一阵悲伤,一滴眼泪顺着脸颊流下来,嘴里发出了呜咽声。然后,他开始大哭,放声大哭,号啕大哭。

他哭了好一会儿,因为他太伤心了。然后,他又哭了一阵,因为他迷路了。接着,他又哭了很久很久,因为一切都变得毫无希望了。

最后,亨利哭不动了,他擦干眼泪,开始思考自己的处境。他不会回到帕戈医生和医院那里了,这一点他很确定。地球上,甚至其他星球上的任何力量也不能让他回去了。

但如果他回家呢？他的妈妈和爸爸会怎么做？

他们会把他送回到帕戈医生和医院那儿。他们不得不这样做。

"绝不，"亨利大声地说，"绝不，绝不，绝不！"

在昏暗的车库里，亨利看着胳膊上的棕色大斑点，开始恨它们。"讨厌的斑点，"他想，"你们为什么要长在我身上？"他很生气地站了起来，在空空荡荡的车库里走来走去。

"我不能回家，"他想，"也不能回医院。那好吧，我就一个人待着了。一定有地方能让我待，直到这些讨厌的棕色斑点消失。一个很远的地方——没有人听说过我，没听说过那家医院,没听说过帕戈医生,也没听说过我的爸爸妈妈。"

现在,亨利感觉胆子大多了,不管怎么说,他脑子里已经有了计划。他躺了下来,准备在旅途开始之前休息一会儿。

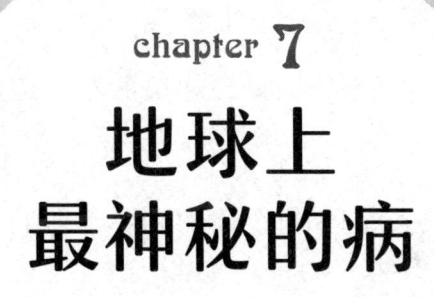

chapter 7
地球上最神秘的病

Chocolate Fever 巧克力男孩

现在已经过了差不多两个小时,太阳开始落山了。亨利小心翼翼地往车库外面看了看,发现没人,他便上路了。

他走了很长时间,尽量贴着街边走,小心地不引起别人的注意。但是,这可不容易。总有人盯着他看。亨利不理他们,继续往前走。

他正在走的这条街道的中央是一所学校。他能看到很多男孩正在操场上玩。他决定穿过操场,转到下一条街上去。当他走过操场时,所有打篮球、棒球和曲棍球的男孩都停下来看他。周围所有的声音和动作像是被冻结了一样,就像电影或电视节目突然被按了暂停。

亨利继续往前走。当他走到一半,差不

多走到操场中间的时候，这些孩子就像又活了过来一样。一眨眼的工夫就把亨利团团围住了。

亨利环视了一圈。男孩们都盯着他看。他们把亨利严严实实地围在中间。亨利一点儿也不喜欢这样。

一个看起来比亨利大很多的高个子男孩大声说话了。"小子，你可真是个丑八怪！"他说。

"是啊。"另一个男孩跟着说，"可真丑。"

"丑八怪！"又一个男孩附和说。

我最好客气点儿，亨利想。"不好意思，"他平静地说，"能让我过去吗？谢谢。"

可那些男孩还站在那里，一动不动。

那个高个子男孩看起来像是领头的，他

又说道:"我见过有人长青春痘,但你长的这些太可笑了。"

"那不是青春痘,"另一个男孩说,"那是痍子。"

"对,是痍子,"又有人说,"肯定是痍子。"

这下子,所有的男孩都开始叽叽喳喳地说起来。

"全世界最丑的痍子。"

"全世界?伙计,这根本就是全宇宙最丑的痍子!"

"我以前见过长得丑的孩子,但这个男孩简直丑得没法看!"

"太可怕了!"

"真恶心!"

"真讨厌!"

"而且他还有味儿，"一个戴眼镜的胖男孩说，"咦！闻起来就像愚蠢的糖果厂。"

"真让人恶心！"

那些男孩越说越过分，亨利感觉越来越糟糕。他张嘴想要说些什么，但什么也没说出来。

那个高个子男孩在人群中举起双手，让大家安静下来。"安静点儿，伙计们，"他说，"我现在要和丑八怪先生聊聊。"

过了一小会儿，大家安静了下来。

"现在告诉我，"高个子男孩说，"你，丑八怪，你叫什么名字，小子？"亨利在回答之前仔细地思考了一下。他对自己以及自己的样子感到羞愧。但是，他更为围着他的这群家伙感到羞耻。他们怎么敢如此卑劣？

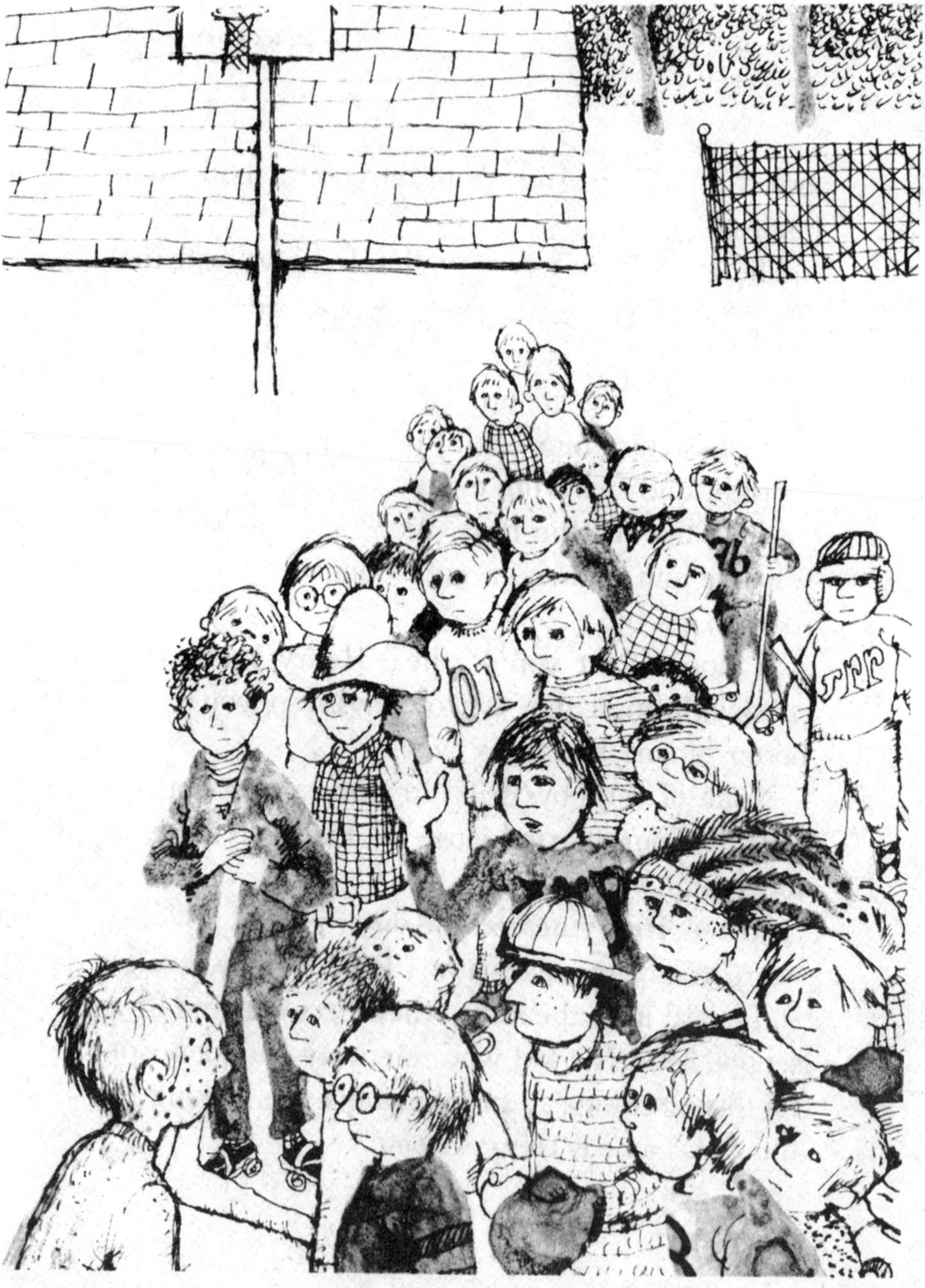
01

他和他们无冤无仇的。现在,在他正需要朋友的时候,他们却明确无误地把他当作一个敌人。

亨利生气了,但他还是很好地控制住了自己的情绪。

"我叫什么名字是我自己的事,"他说,"跟你们无关。"

听了亨利的回答,那群家伙发出一阵嘘声和怪叫,有几个人还吹起了口哨。

"别这么没礼貌,小子,"那个高个子男孩说,"我们这儿可不欢迎没礼貌的孩子。"

几个大一点儿的男孩挑衅地靠近亨利,把他紧紧围住。

"让我揍他一顿,弗兰基。"一个声音说道。

"让我来对付他。"另一个男孩说。

亨利快速地思考着对策。"碰我一下,你就死定了,"他说,"我得了一种罕见又神秘的病,谁碰我,谁就会被传染上,而且会死得很惨!"

那群男孩不敢再靠近亨利了。

"哦,是吗?"高个子男孩说,"你觉得我们会相信吗?"

"你爱信不信,我才不在乎呢。"亨利说。

"你吓唬人。"

"吓唬人?"亨利说,"碰我一下,你就知道我是不是在吓唬人了。我得了巧克力热病,这是全世界最可怕、最容易传染的一种病。"

"巧克力热病?"高个子男孩重复道,"你就胡编吧。"

亨利知道，他已经唬住这群人了。"巧克力热病是地球上已经被发现的疾病当中最可怕的，"他说，"你知道如果你得了巧克力热会怎样吗？你的整个头都会肿起来，嘴巴会变干，你会突然长很多巧克力大斑点，就像我这样。然后，你会开始变……丑。再然后，真正糟糕的事情就开始了。"

男孩们都仔细地听着，接着，随着他们一步步后退，围着亨利的圈子变得越来越大。

"他在骗人，伙计们，"高个子男孩说，"别听他的。"但是，那些男孩已经听到亨利说什么了，而且完全信以为真。亨利开始走向围着他的男孩们，当他靠近他们的时候，他们主动给亨利让出一条路。慢慢地，一条小路展开来，可以让亨利通过。

"我不希望你们死,"亨利走过围着他的男孩们时说,"所以,你们最好让我走。"

没人拦他,就算是那个高个子男孩,在亨利靠近他的时候,他也不敢碰他。

当亨利快走出男孩们围住的圈子时,他听到有人大声喊道:"嘿!我知道他是谁。放学回家后,我听广播里说,今天上午有一个男孩从医院里跑出去了,警察正在找他。他的名字叫亨利·格林。"

亨利继续往前走,高个子男孩喊道:"是你吗,小子?你是亨利·格林吗?"

"亨利·格林?"亨利回头说,"听都没听说过。"

又一次,亨利刚一离开操场,就跑起来。他不停地跑,直到远远甩掉了那群男孩。

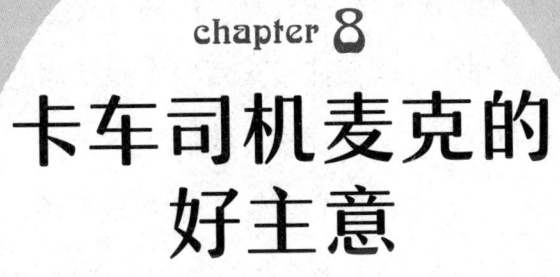

chapter 8
卡车司机麦克的好主意

大卡车轰隆隆地沿着高速公路奔驰着，强劲的大灯在黑夜中射出一道刺目的黄光。"你在上面还好吗，孩子？"司机问道。

亨利在巨型柴油卡车驾驶室里架高的睡铺上回答："很好，麦克，我很好。"

很好，亨利伤心地想，我当然很好。我在这个世界上没有一个朋友，看起来就像杂耍表演里的怪物。警察、医生、我的家人，天知道还有谁在追我，而且我不知道自己要到哪里去。如果这都算是很好的话，那我很好。

他在高速公路旁站了很久，看着天一点点变黑。成百上千辆汽车和卡车从他身边呼啸而过，都没有停下来。但是，麦克停下来了，而且愿意载他一程。这是几个小时之前的事了，他们已经开了很长一段路。亨利不知道他们开了多远，也不知道他们要到哪儿去，他也根本不在乎。

他敢肯定，麦克没有看到他的斑点。可能是天太黑了，他没有注意到。没有一个正常人会愿意和他打交道，亨利想，一旦他们看到这些讨厌的棕色大斑点，都会离他远远的，包括麦克。即使麦克看起来是那么友善，可一旦他看清楚了，也不会愿意搭理亨利的。

"上车"，麦克当时说，"天气可真好。"他友善的脸上笑容可掬。他是一个身材高大的黑人，穿着一身脏兮兮的工作服。他的卡车里又干净又温暖，亨利毫不迟疑地跳上了车。亨利在麦克身旁的副驾驶座上坐了大约一个小时后，爬到了卧铺上，很快就睡着了。他不知道自己睡了多久，但现在他感觉精力很充沛。

麦克开着大卡车驶离高速公路，转向一条辅路。慢慢地，他挂上挡，稳稳地踩下刹车，将大卡车停住了。

"嗨，孩子，"他喊道，"来，下来。"

亨利爬了下来，坐到麦克旁边。

"晚餐时间，"麦克说，"开了灯我们就——"

"我喜欢黑。"亨利快速地回答。

"你说什么？"

"我喜欢黑。"亨利说话的时候，灯被打开了。突然的光亮照得亨利猛眨眼睛。他现在能看清我了，他想。

麦克把手伸到他的座位底下，拿出了一

个大个儿的野餐篮子。他把篮子放在他们俩的座位中间。

"现在我们来看看,我老婆给我们准备了什么晚餐。"他说。

"不麻烦了,"亨利说,"我现在就下车。"

"啊?"

"我不会大吵大闹的,"亨利说,"我会安静地离开。"

"你可真是个怪人,孩子,"麦克说,"你在说什么呢?"

"好吧,你现在肯定已经看到了,我浑身长满了棕色的大斑点……"

麦克点点头。"是的,我看到了。"他开始低头翻看野餐篮子,"你喜欢火腿和奶酪吗?"

"我还是走吧。"亨利准备下车。

"还是鸡肉酱?我们也有鸡肉酱。我想还有……是的,感谢上天,还有金枪鱼。"

"我是说,"亨利又说道,"如果你不想搭理我,我能理解。我真的能理解。"

"吃什么?"麦克问,"金枪鱼、鸡肉酱,还是火腿奶酪?"他大大方方地看着亨利的脸,面带微笑。

"金枪鱼。"过了一会儿，亨利说，他接过了麦克递过来的三明治。

"谢天谢地，终于可以吃饭了。"麦克说。

亨利狼吞虎咽地吞下了金枪鱼三明治，然后又吃掉了一个火腿奶酪、一个苹果和一块提子蛋糕，还喝了半保温瓶的牛奶。

篮子里还有巧克力蛋糕，但亨利拒绝了。不知道为什么，他一点儿也不想吃。

67

他们吃完饭后,麦克向后仰靠在椅背上,点了一支雪茄。

"麦克,"亨利说,"难道你就不想问我什么吗?"

"当然,但我想你马上就会告诉我,我想知道的事。"

"好吧,"亨利开始说,"我得的这种病,叫巧克力热。我身上到处长的这些棕色大斑点就是巧克力,而且谁都不知道该怎么办,尤其是那位叫帕戈的医生。所以,我以后的人生可能都会带着这些大斑点……"

"这就是你逃跑的原因?"麦克说。

"我必须逃跑啊,"亨利说,"我看起来那么可怕,那么丑。"

"我可不觉得丑,"麦克说,"有些奇特,

也许吧。"

"那是什么意思？"

"就是有点儿特别的意思。"

"但这样，我怎么生活啊？我是一个怪物，一个巧克力怪物！"

"现在冷静点儿，"麦克说，"放松些。"

"人们会一直看我……盯着我看。人们一直这样盯着我，我怎么生活啊？"

麦克轻轻地笑出声来。他把目光从亨利身上移开。

"如果你总被大家盯着看，麦克，你会怎么想？"

"我懂，孩子，我自己也有过类似的经历。"这个大个子男人安静地说。

"你是说，也有人盯着你看？"

"嗯，是的，"麦克说，"如果你是黑人，而周围的人大多都是白人，那这样的事就一定会发生。"

"天啊，麦克，"亨利说，"对不起。"

"哦，别往心里去，孩子。而且，在你这个年龄，我就已经想通了。但是你知道，在经历了被人盯着看，以及其他一些事情之后，我就想：如果说有那么多白人，而只有很少的黑人，那我不是很奇特吗？"

"你是说很特别？"

"完全正确。所以不论是有人盯着我看，还是什么，都会让我感到骄傲。你知道，黑色是非常漂亮的颜色。"

"这对你来说很好，"亨利说，"但是，白皮肤上长满棕色的大斑点，那就是丑八怪。"

麦克用手捂住嘴,咳嗽起来。有那么一会儿,亨利觉得他是在笑。

"好吧,年轻人,"他说,"随便你吧。那你告诉我,你要去哪儿?想要干什么?"

"我就只是在逃跑,麦克。我不知道自己要做什么。"

麦克考虑了一秒半。"就是逃跑,嗯?你要应对的事情太多了,所以你就都不理?太聪明了。"

"我不会回去的,"亨利说,"我就是不想回去。"

"好的,那你就不回去。但是,我要问问你,你有妈妈吗?"

"有。"

"爸爸呢?"

"有。"

"他们对你好吗?"

"好。"

"他们不会打你?"

"当然不会。"

"不会让你生活得很惨?"

"不会。"

"这么说,他们确实是很好的父母,是吗?"

"是的。"

"所以,你爱他们,因为他们非常慈爱,非常好,对吗?"

"是的。"

"那么,你觉得他们现在感觉怎么样?想不想知道你在哪儿?是一切都好吗,还是死了？没错，孩子，你正在对他们做很残忍的事。为什么这么说呢？因为，如果现在有人说你妈妈正哭得撕心裂肺，我一点儿都不会觉得奇怪。她一定因为担心你而伤心欲绝。"

"可是，麦克——"

"你现在别说话，等我把话说完。一个好孩子会尊敬他的父母，是的！一个好孩子不会让他的父母心痛、伤心或担心。不会的！"

亨利一句话也没说，但是他听得非常仔细。

"现在来听听我的计划，孩子。首先，我们要做的是沿着这条路一直往前开，直到我们找到一个电话。然后，我们给你的家人打电话，告诉他们可以不用担心了。"

"我不要回到那家医院。"亨利坚定地说。

"我们把这个也告诉你的家人。也许他们能把你送到别的地方去……其他医生也可以照顾你。"

"我喜欢这个主意。"亨利说。

"谁知道呢？"麦克接着说，"也许你的巧克力热病过阵子就好了呢。也许明天早上你一觉醒来，它们就都好了呢。"

"但愿如此，"亨利说，"但我觉得不可能。"

"不管怎样，我们先给你的家人打个电话，好吗？"

亨利脸上露出了微笑。麦克说的方法让他感觉好多了。

"你觉得怎么样?"麦克问,"我们要去找电话吗?"

"我们还等什么?"亨利说。

chapter 9

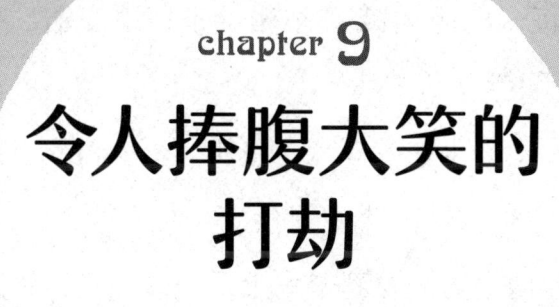

令人捧腹大笑的打劫

麦克熄灭了驾驶室的灯,伸手要去打火启动柴油卡车。但就在这时,卡车外的黑暗中传来一声大喊:"举起手来!不许动!举起手!"

麦克坐在方向盘后僵住了。亨利的心提到了嗓子眼儿,怦怦乱跳。

两个男人跳到卡车上,一边一个,做出威胁状。

过了一会儿,麦克才说出话来。"这是怎么回事?"他问。

在麦克那一侧,留着小胡子的男人回答道:"先生,打劫。抢劫。事实上是拦路抢劫。刑法第三章第四条。劫持公路车辆或者水路船只上的货运物品。"

"哦。"麦克说。

"是的,路易。"在亨利那一侧的男人说。他是个子较矮的劫匪,没有留胡子,戴着一副角质镜框眼镜,撇着嘴在笑。"我是左撇子,他是路易,"那个男人继续说道,"人们有时会把我们俩搞混,但我不知道是为什么。"

"我叫亨利·格林,"亨利说,"这是麦克。"

"很高兴认识你们,真的,"路易说,"即使是在这种情形下。"他们看起来很客气,但手上的动作却很粗鲁。

"你们确定要这么做?"麦克慢慢地问。他看起来对劫匪感到很困惑。"我想你们会惹上大麻烦的。"

"麻烦?"路易说,"如果你不严格按照我说的做,你就会有麻烦。现在你们俩都爬到卧铺上去,这样我们好继续干我们的活。"

亨利按照他说的做了,麦克慢慢地跟在他后面。麦克生气了,亨利能看出来,但他说话的时候,声音很平静。"我想,就算告诉你们,你们正在犯法,应该也是无济于事吧。"他说。

路易笑了起来:"犯法?老兄,法是个什

令人捧腹大笑的打劫

么东西?"这时,左撇子跳到驾驶员的位置上,路易坐到他的旁边,然后他们开动了卡车。

麦克心里还有话要说,于是,在发动机的轰鸣中,他对下面的两个劫匪喊道:"你们最好现在就住手……我想你们正在铸成大错。"

"没什么错不错的,"路易转过头去喊道,

"我们很清楚自己的所作所为。我们正在打劫一辆载满昂贵皮草的货车。"

麦克看起来被路易最后一句话搞得愣住了。"皮草？"他喊道，"皮草？"然后他就哈哈大笑起来。麦克发出一连串的大笑，笑得喘不上来气，最后笑得连眼泪都顺着脸颊流下来。"哦，老天啊，"当他终于能说出话时，喊道，"他们以为，他们抢劫的是皮草！"

麦克笑得越厉害，路易越不安。他向左撇子使了个眼色，让他停车。卡车停下来后，他转过身，看着麦克。

他声音低沉地说："没有皮草？"

麦克努力忍住笑，坦白地回答："没有皮草。"

"那是什——"没等路易说完，麦克就打

断了他。

"糖果！"麦克大声地说，接着又大笑起来，"哈哈哈……糖果……"

"哦，不！"路易说。

"巧克力棒……哈哈哈……带杏仁儿的。"

"混账！"左撇子大声说。

"还有一些不带杏仁儿。"

"我们要一大堆巧克力棒做什么，天才？"左撇子质问路易。

"哈哈……有的带脆皮……哈哈……有的不带脆皮。"

"巧克力棒？！我不信。"路易嘟囔着。

"你说这趟买卖就像从婴儿手里抢糖果一样简单，"左撇子生气地说，"可是，你看看现在……巧克力棒？"

"有的带焦糖……哈哈哈……"

麦克报菜名似的说着卡车上都装了些什么糖果,那两个劫匪坐在前座一言不发,面面相觑。很明显,他们对此感到很惊讶。

过了一会儿,左撇子问路易:"我们现在要做什么?"

"我不知道,"路易回答,"但我会想一想。在这之前,我们先把卡车开到藏身的地方。"

"有的带花生酱……哈哈哈……但就是没有带皮草的!哈哈哈!"

麦克的笑声不断地在他们耳边回荡,两个郁闷的劫匪闷闷不乐地开着车,卡车在黑夜里轰隆隆地驶向前方。

chapter 10

突如其来的
狗狗

他们开了很久。

左撇子小心翼翼地开着车，确保卡车没有超速。麦克在卧铺上，一直留意着他们的行驶路线。

亨利也试着留意，但几个小时后，他开始打瞌睡了。很快，他的头枕在麦克的胸口上睡着了。随着黎明的到来，东方的天空上泛起一丝亮光，这个高大的男人一直把男孩搂在怀里，以防他在路上受到颠簸。

当车速渐渐慢下来时，亨利睁开了眼睛。"嘘。"麦克把一根手指竖在嘴上小声说道。

"我们这是在哪儿？"亨利也小声地说。

麦克把嘴贴近亨利的耳朵，回答道："在很远的乡下，不知道是什么地方。"

"现在，不论我们接下来要去哪里，"

他接着说道,"你要跟紧我。不要突然做任何事情,也不要跑。我们要非常小心,听到了吗?"

亨利点了点头。

他会跟着麦克,按照他说的去做。这个高大的男人值得信赖,特别是在身处险境的时候。

他们现在正沿着一条双向车道行驶,隔很远的距离才会有几栋房子。左撇子把车开得非常慢,在每个交叉路口都会左看看,右看看。

"现在,我们随时都有可能驶入岔路。"麦克小声地说。

亨利同意麦克的想法。他们一定离这两个劫匪藏身的地方很近了,他想。

左撇子放慢车速,差不多以爬行的速度把卡车开到一条小土路上。卡车在狭窄的小路上左拐右拐,穿过树林,几分钟后到了一片松树林,停在一个小木屋旁边。

等左撇子关闭发动机后,路易对着他们喊道:"先生们,我们到了。这是终点站,所有人都下车。"

左撇子和路易打开车门,从卡车上走了下来。"现在,放松点儿,你们两个,"麦克和亨利也下车后,路易说道,"不要突然走动,不要胡闹,不要耍花样,好吗?"

"不耍花样。"麦克平静地说。

这两个劫匪推搡着麦克,把他们推进了小屋里。小屋里只有一个房间,又脏又乱。房间的一个角落里放着一张木头桌子和几把椅子,路易把麦克和亨利往那里赶。小屋里没有窗户,也没有光,直到路易点亮了挂在房梁上的一个小灯笼,屋里才有了光亮。左撇子在门口放了一把椅子,坐在那里,仔细观察着。

"好吧,现在,"麦克说,"接下来要怎么办?"

"接下来要怎样,那就看你的了。"路易说,"放聪明点儿,完事后会放你们走的。要是给我们惹麻烦的话,就……最好别给我们惹什么麻烦。"

说完,路易拉了一把椅子坐到左撇子旁边,两个人开始窃窃私语。显然,左撇子很生气。"我们要一车糖果干什么?"他们听到他说。路易费尽全力想让左撇子保持冷静。

"看来我们的朋友有大麻烦了,"麦克对亨利说,"他们没得到皮草,反而得了一堆不想要的东西。"

"哈哈哈。"他们俩轻声地笑了。接下来的几分钟,他们一直忍不住咯咯地笑。等他们笑完之后,亨利问麦克,接下来到底会发生什么。

"我不知道,"麦克说,"但有一点我知道,如果他们俩敢动你一根手指头,我立马就把他们放倒。所以,你不要担心,听到了吗?"

麦克的语气非常坚定,亨利确信,如果事情真的发生了,这个大个子男人一定会这样做的。就在这时,亨利隐约听到了一种微弱的、遥远的声音。可能是狗叫声。

麦克也听到了,他们俩坐在那儿静静地听。是狗叫声,没错,但现在好像是两只狗在叫。麦克把手放在亨利的胳膊上。"现在别出声,"他说,"听。"

时间一分一秒地过去了,狗叫声越来越大,越来越近。路易和左撇子也听到了。他们站在紧闭的门前,聚精会神地听。

如果现在还听不到如此响亮的狗叫,那一定是聋了。叫声变得越来越响。

"盯紧他们,"路易在狗叫的喧闹声中大声喊道,"我出去看看发生了什么事。"

左撇子走到麦克和亨利坐着的角落,拔出凶器,直直地对着他们。路易则用力撞开了门,然后当场就愣住了。但是,他只愣了一瞬间。

因为就在那一刻，一只巨大的德国牧羊犬从门外冲进来，扑到了路易的胸口上。路易一下就被扑倒了。在德国牧羊犬后面，还有一大群汪汪直叫的狗，它们都直奔亨利。艾尔谷梗犬、杜宾犬、一只棕白相间的柯利

突如其来的狗狗

犬、几只史宾格犬和塞特犬，还有一只小型的法国贵宾犬。它们叫着、跳着，小屋里一片混乱，吵闹声简直要把房顶都掀开了。左撇子惊呆了，站在那里说不出话来，被眼前突然出现的狗群彻底搞蒙了。但是，麦克知道自己应该怎么做。他一拳打中左撇子，一

把夺下了他手里的武器。

然后，麦克猛地跳到路易的武器掉下的地方，把那个武器也捞到自己手里。然后，他转身对着那两个被吓傻了的劫匪。路易还趴在地上。左撇子正被一群汪汪叫的狗包围着，就算他想跑，也跑不了。

亨利无疑是吸引这支动物大军注意力的明星。它们不停地舔他，就好像他是某种美味的新狗粮。狗狗们开心地舔着他的胳膊、腿和脸。他被它们舔得好痒，痒得他止不住大笑，几乎没有力气反抗。

与此同时，更多狗不断地跑进小木屋里。后面则是人——大部分人手里拿着拴狗的牵引绳——所有人都有着相同的令人困惑的经历。他们正带着狗狗出来散步，突然，狗狗们一个接着一个地开始在空气中拼命地嗅，然后就疯狂地沿着土路跑，好像在追寻某种无法抗拒的味道。那么，是什么让这些动物的举止如此奇怪？这间小屋里到底在发生什么？为什么这里闻起来就像一家巧克力店？

大约过了一个小时，当地警察赶来，开始处理一切事务。麦克把事情的经过前前后后做了一通解释，一解释完，路易和左撇子就被铐上了手铐。当他们被带走时，亨利听到左撇子低声嘟囔道："我们本来想要抢皮草，结果抢了一堆糖果。我们本来都到了藏身的地方，结果被狗袭击了。看来还是得老老实实地做人才对啊。"

"哈哈！"麦克和亨利一起大笑起来。

当警车消失在两旁长满树的土路尽头时,他们还在忍不住地哈哈大笑。

"走,孩子,"麦克一边笑,一边说,"我们还有糖果要送呢!"

chapter 11

蔗糖先生

他的名字叫阿尔佛雷德·凯恩,但他的朋友们都喜欢叫他蔗糖。蔗糖·凯恩是东部最大的糖果经销公司的老板。如果你曾在俄亥俄河以东的地方买过糖果,那么它很有可能就来自阿尔佛雷德·凯恩的仓库。

他的生意做得非常大。

但是,蔗糖·凯恩仍然很关心每个为他工作的人。所以,当麦克的大卡车停进了仓库的院子时,凯恩先生终于松了一口气。

麦克也松了一口气。亨利也是。他们已经给格林太太打了电话,他们聊得很开心,还流下了幸福的眼泪。等麦克卸下这批糖果货物,他就送亨利回家。

亨利自打一见面就喜欢上了凯恩先生。虽然他戴着眼镜,但也挡不住他眼睛里闪烁的光芒,这让他看起来非常友好。凯恩先生那灰色的头发和胡子,让他看起来非常和蔼可亲。

　　亨利也很喜欢凯恩先生的办公室,它温暖又舒适。墙上整齐地排满了货架,上面摆着这个大仓库里出售的每一种商品。想象一下,你在一个地方就能看到各种糖果、饼干和蛋糕。光是待在这里,你就会胃口大开。

　　他们坐下来讲述他们的冒险经历时,笑声不断,凯恩先生坐在椅子上身子前倾,仔细地看了看亨利。"亨利·格林,"他说,"如果你不介意的话,我想问问你有关这些棕色大斑点的事,看起来你浑身长满了这样的斑点。"

对亨利来说，他已经解释过上百万次了，但他还是从头到尾把他的故事讲了一遍。凯恩先生仔细听着，留意亨利说的每一个字。

当亨利讲完的时候，凯恩先生说："你是说，为你看病的帕戈医生把这叫作巧克力热，是吗？嗯，我觉得这太有趣了。"

"可是，我只觉得这太可怕了，"亨利说，"浑身长满丑陋的棕色大斑点……看起来就像个怪物……大家都盯着我看。而这一切都是因为巧克力。"

"这一切都是因为巧克力。"凯恩先生附和道。他摇了摇头，脸上露出了奇怪的神色。

很长一段时间没有人说话。当凯恩先生又张口说话时，他的语气十分平静。"亨利·格林，"他说，"让我来给你讲个故事吧。"

"这是我认识的一个男孩的故事,一个像你一样的男孩。哦,这个男孩十分喜欢巧克力,就像你之前一样。早上就吃巧克力?是的。早上、中午和晚上,他都在吃这种神奇的美味食物。如果你认为自己发明了很多巧克力的新吃法,那么,这个男孩也是。巧克力裹炸鸡!巧克力法式吐司……配巧克力糖浆。我说的这个男孩有无穷无尽的吃巧克力的方法。

"然后,和你一样,一件奇怪的事情在他身上发生了。实际上,是一模一样的事情。"

"您是说?"亨利突然激动地说。

"是的,"这位老人一边点头,一边说,"浑身长满了棕色的大斑点。"

"巧克力热!"亨利大声喊道。

"完全一样。"

亨利几乎不能自已："可他是怎么——"

"他是怎么被治好的，你是这个意思吗？"凯恩先生微笑着说，"好吧，治疗分为两个疗程，第一个疗程最为重要。你知道，我认识的这个男孩，必须要经历所有年轻人都要经历的一个非常惨痛的教训。生活很美好，到处都有欢乐，可我们不能随时拥有自己想要的一切！这一课很难，但它迟早会来的。"

"是的，"亨利说，"我想我懂了。可能我之前拥有的好东西太多了。"

"确实是。"

"我会少吃巧克力，只有在我真的、真的非常想吃的时候才吃。"

"非常好,这样你就成功一半了。"

"那另一半呢?"亨利问。

凯恩先生笑了笑:"如果你仔细思考一下,这个问题其实非常简单。什么是巧克力的对手?什么是我们熟悉并喜欢、能够跟巧克力抗衡的口味?"

"香草!"

凯恩先生慢慢走到他的桌子旁,打开右手边的顶层抽屉,拿出了一个白色的小盒子。"香草片,亨利·格林。这正是能够在几个小时内治好你的巧克力热的东西。但前提是,你真的学会了第一个疗程,也是最难的疗程。"

亨利激动得几乎说不出话来。他想笑,他是那么高兴。他又想哭,他是那么伤心。

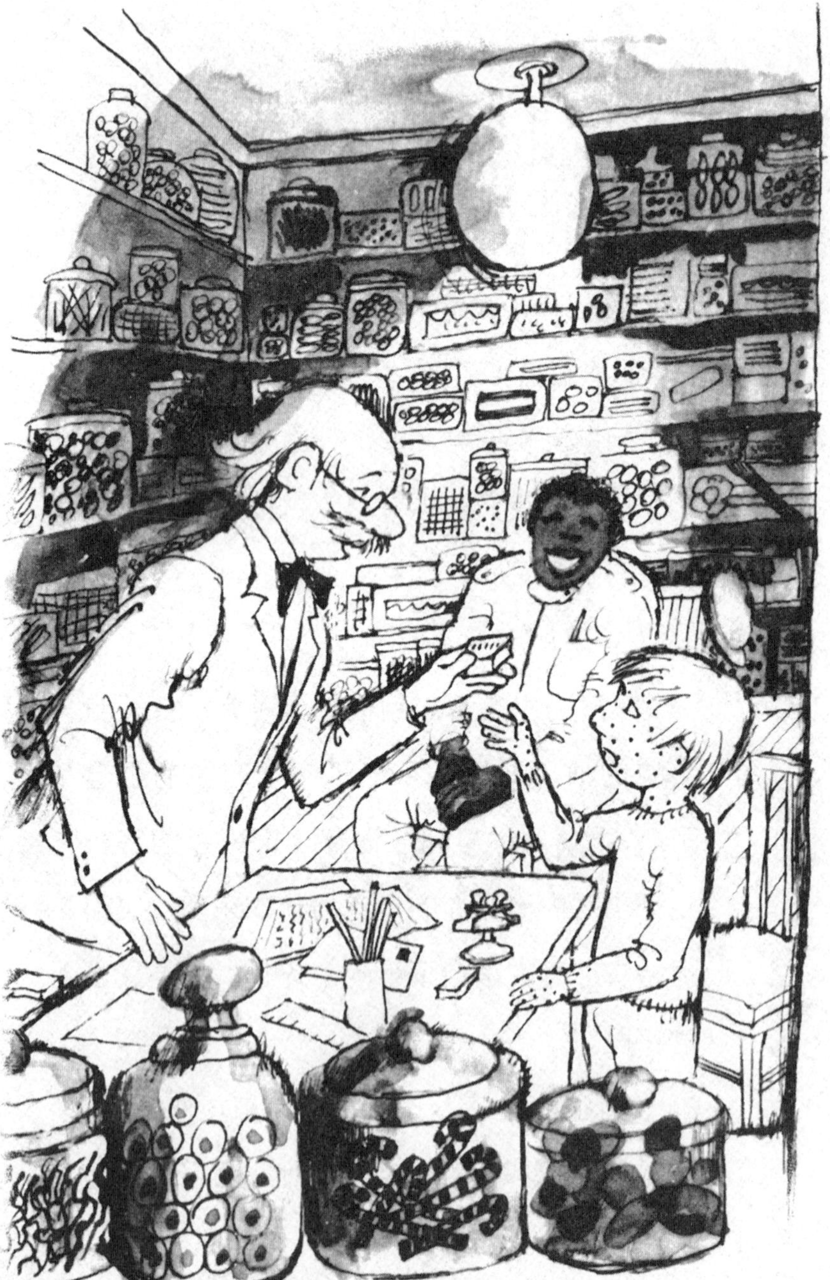

可他现在能做的只是点头。

"哇呜！"麦克高兴地喊道，"香草片！谁会想到这个啊？"

"还有一件事，"凯恩先生说，"我说的那个看到你就让我想起他的年轻人。"

"嗯。"

"当他长大后，他决定要用一生的时间，把快乐和幸福带给其他人。而他用的方式，你知道，就是把巧克力送到全世界。确保在有人想要快乐的时候，附近会有巧克力。"

亨利心想，他知道那个男孩是谁了。"他叫什么名字？"他问。

"他的名字叫阿尔佛雷德·凯恩，"凯恩先生说道，"但他的朋友们都叫他蔗糖。"凯恩先生向前迈了一步，握了握亨利的手。"现在，你快和麦克一起走吧。如果你在路上吃下这些香草片的话，我保证，到家的时候，你的巧克力热就会好了。现在，再见吧，还有，记住我说的话。"

"再见，凯恩先生。"亨利说。

"你可以叫我蔗糖。"

"你可以叫我亨利。"

chapter 12
长大的巧克力男孩

"嗨,小懒虫,"格林太太轻轻地摇着亨利的肩膀说,"你打算一直睡下去吗?"亨利伸了伸懒腰,打了个哈欠,笑着看着他妈妈。躺在自己床上的感觉真好,回到属于自己的地方真好。

今天是星期天,在格林家。实际上,全世界今天都是星期天。格林一家人坐在餐厅里,慵懒地享受着他们的早餐。

"如果你能起床的话,"格林太太继续说,"我想,我们可以为你准备一些薄煎饼,亲爱的,就按你喜欢的方法做。"

亨利一下子就从床上跳了下来。他觉得这个早上简直太美妙了,就像他一直以来感觉的一样。他仔细地刷了牙,在去餐桌的途中停下来,对着镜子做了几个鬼脸。那些棕色的大斑点全都消失了(他希望是永远),他看起来很帅,除了做斗鸡眼的时候。

当他坐到餐桌旁的时候,他的家人都热情地欢迎他。伊丽莎白穿着她那件特别的蓝色睡衣,还吻了他。马克停止吃东西,伸出手在亨利头上一阵乱摸,弄乱了他的头发。

"今天我们有很多消息要告诉你,亨利,"在亨利喝橙汁的时候,爸爸说,"糖果公司给我寄来一封信。他们想要给你些奖励,感谢你帮忙阻止了那次打劫。"

"真的吗,爸爸?"伊丽莎白说,"太棒了!"

"是啊,真的很棒,"亨利的爸爸接着说,"确实是这样。还有,麦克几分钟前刚刚来过电话。他想知道我们明天是否能去他家,和他的家人共进晚餐。"

"我们可以吗，爸爸？"亨利问，"哟嗬，这可太好了。"

"是的，儿子，我们当然可以去。还有，下午莫莉·法辛护士要来拜访我们，就是为了过来问候一下，还会有更多新的消息。"

"我的天啊，"格林太太拿着亨利的薄煎饼，一边走向桌子，一边说，"好像一下子所有的事情都发生在我们亨利身上了。星期一放学后，帕戈医生想要见你。"

"我一定要去吗？"亨利问。

"是的，你一定要去。"爸爸说。

"好吧。"亨利说，虽然他并不愿意。

"他是一位好医生，亲爱的，"亨利的妈妈说，"而且，如果你愿意，我会陪你一起去。"

"来，这是你的薄煎饼，"她一边说，一边把一盘热气腾腾的薄煎饼放在亨利面前，"而且，这次你有特别待遇，但只有这一次，我准备了你最喜欢的巧克力糖浆。"

亨利的脸上放出光彩。他赶紧伸出手，抓住糖浆罐子，但就在他准备把这甜美的棕色糖浆倒在他的煎饼上时，他改变了主意。"你知道吗，妈妈？"他说，"这次我想我就不吃巧克力糖浆了，我吃原味枫糖浆就好。"

全家都不可思议地盯着亨利。这是他们第一次看到亨利不选择和巧克力有关的东西。

爸爸笑了，他的笑容就像宽宽的河水。"伊妮德，"他说，"我想，我们的小不点儿长大了。"

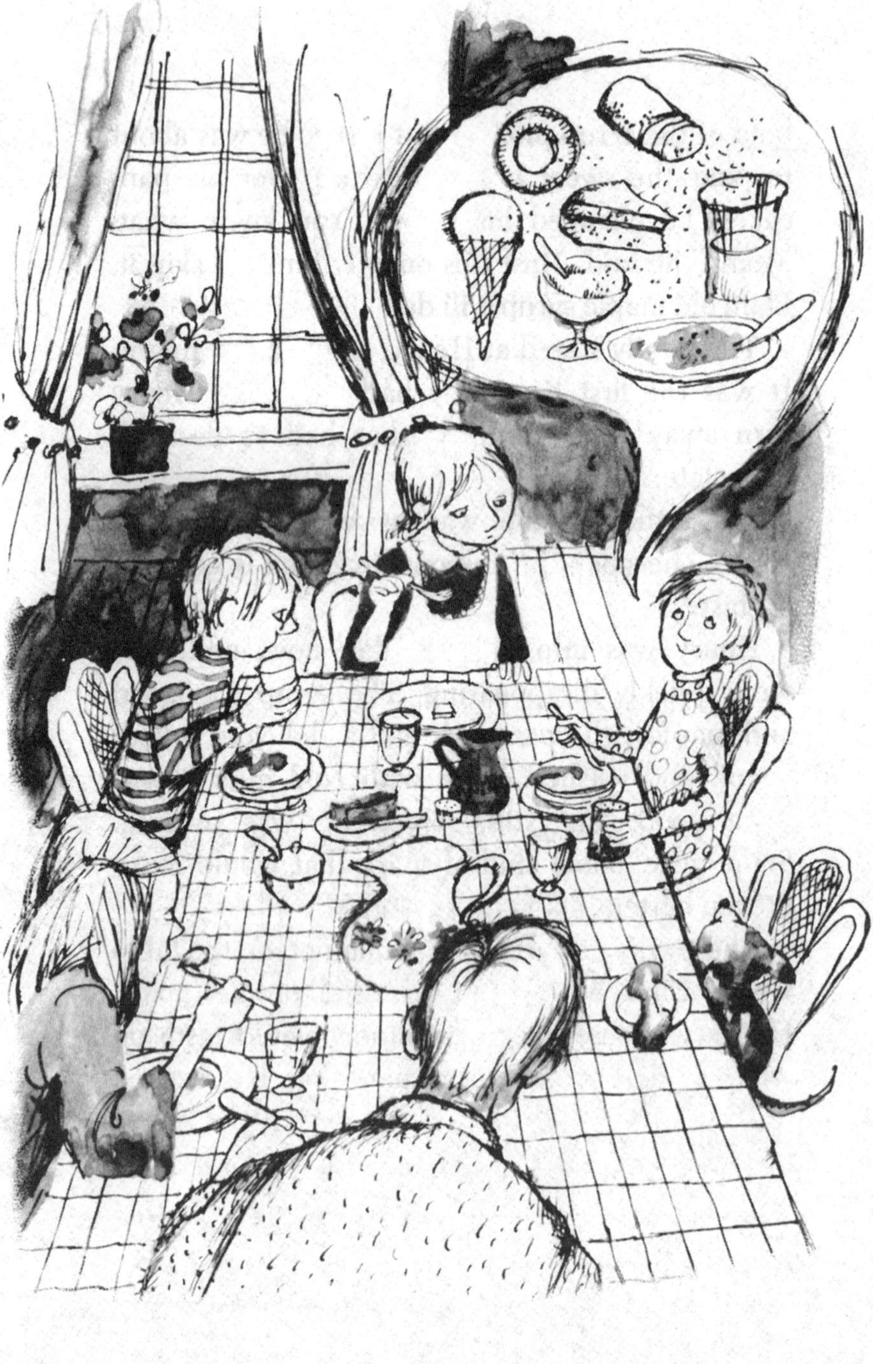

亨利开始享用他的薄煎饼，很快就把它们吃光了。糖浆很好吃，有着枫树的味道，醇香的小麦薄煎饼就着冰牛奶一起吃，味道特别好。但还是感觉少了点儿什么，味道上差了些。如果能有些什么味道点缀一下，会更好吃。

桌子上有一小瓶肉桂，伊丽莎白有时会撒在她的吐司上。亨利很好奇，如果在剩下的薄煎饼上撒一些肉桂，薄煎饼会是什么味道。于是，他拿起肉桂瓶，在他的盘子上撒了一点点肉桂粉，然后尝了尝。

嗯，亨利想，味道真不错。实际上，味道非常好。真好奇，如果在麦片上撒上肉桂会怎样？也许会像燕麦粥，或者麦糁粥？也许其他食物撒上肉桂也会好吃——冰激凌或者薯条，或者还可以做……肉桂奶！

　　但是，亨利马上又想到：这样会不会吃太多肉桂啊？会不会有人吃得太多……然后得了某种肉桂热？

　　你觉得呢？

图书在版编目(CIP)数据

巧克力男孩 /(美)罗伯特·基梅尔·史密斯著;(美)焦亚·菲亚门吉绘;董晓男译. —昆明:晨光出版社,2019.1(2025.4重印)
ISBN 978-7-5414-9880-0

Ⅰ.①巧… Ⅱ.①罗… ②董… Ⅲ.①儿童小说-短篇小说-小说集-美国-现代 Ⅳ.①I712.84

中国版本图书馆 CIP 数据核字(2018)第 248004 号

CHOCOLATE FEVER By ROBERT KIMMEL SMITH
Copyright: ©1972 BY ROBERT KIMMEL SMITH
This edition arranged with HAROLD OBER ASSOCIATES,INC
through BIG APPLE AGENCY,INC.,LABUAN,MALAYSIA.
Simplified Chinese edition copyright:
2019 Beijing Yutian Hanfeng Books Co.,Ltd.
All rights reserved.

著作权合同登记号 图字:23-2018-080号

QIAO KE LI NAN HAI
巧克力男孩

出 版 人　吉　彤

作　　者	〔美〕罗伯特·基梅尔·史密斯
绘　　画	〔美〕焦亚·菲亚门吉
翻　　译	董晓男
项目策划	禹田文化
责任编辑	李　政
项目编辑	杨　博
版权编辑	陈　甜
装帧设计	惠　伟

出　　版	晨光出版社
地　　址	昆明市环城西路 609 号新闻出版大楼
邮　　编	650034
发行电话	(010)88356856　88356858
印　　刷	北京润田金辉印刷有限公司
经　　销	各地新华书店
版　　次	2019 年 1 月第 1 版
印　　次	2025 年 4 月第 15 次印刷
开　　本	145mm×210mm　32 开
印　　张	4
ISBN	978-7-5414-9880-0
字　　数	38 千
定　　价	20.00 元

退换声明:若有印刷质量问题,请及时和销售部门(010-88356856)联系退换。